含氧量

小丑自传

[法] 朱尔·图诺 —————— 著
常非常 —————— 译

江苏人民出版社

图书在版编目(CIP)数据

小丑自传 / (法) 朱尔·图诺著 ; 常非常译. — 南京 : 江苏人民出版社, 2021.9

ISBN 978-7-214-26233-2

Ⅰ. ①小… Ⅱ. ①朱… ②常… Ⅲ. ①传记文学—法国—现代 Ⅳ. ①I565.5

中国版本图书馆 CIP 数据核字(2021)第 189085 号

书　　　名	小丑自传
著　　　者	[法]朱尔·图诺
译　　　者	常非常
责 任 编 辑	张　凉
出 版 发 行	江苏人民出版社
出版社地址	南京市湖南路 1 号 A 座,邮编:210009
出版社网址	http://www.jspph.com
照　　　排	麦士图文创意有限公司
印　　　刷	溧阳市金宇包装印刷有限公司
开　　　本	125 毫米×185 毫米　1/32
印　　　张	3.75
字　　　数	52 千字
版　　　次	2021 年 9 月第 1 版　2021 年 9 月第 1 次印刷
标 准 书 号	ISBN 978-7-214-26233-2
定　　　价	39.00 元

(江苏人民出版社图书凡印装错误可向承印厂调换)

含氧量

让阅读像呼吸一样自然

林林兄弟马戏团海报之一

林林兄弟马戏团海报之二

林林兄弟与巴纳姆-贝利马戏团海报

巴纳姆-贝利马戏团海报之一

巴纳姆-贝利马戏团海报之二

巴纳姆-贝利马戏团海报之三

巴纳姆-贝利马戏团海报之四

塞尔斯兄弟马戏团海报

福勒波夫与塞尔斯兄弟马戏团海报之一

福勒波夫与塞尔斯兄弟马戏团海报之二

福勒波夫与塞尔斯兄弟马戏团海报之三

福勒波夫与塞尔斯兄弟马戏团海报之四

意大利即兴喜剧中阿利乞诺的经典形象

格里马尔迪的小丑扮相

献给

所有热爱小丑的

孩子们

小丑扮相的朱尔·图诺

朱尔·图诺(左)与他的好友

朱尔·图诺

朱尔·图诺

关于朱尔，简单说两句

朱尔·图诺的这部自传让我兴趣盎然，难以言表。我认识他已有 20 多年。在所有大马戏团的变动中，我都曾密切关注过他。可以说，我从未见过像他这么志存高远、坚定如一的人。他持之以恒、孜孜矻矻，只求有益于世界的耐心与严肃鲜明。马科森先生以令人赞叹的笔触将这一点表现了出来。世界因朱尔的存在和工作变得更加美好，他那有些不寻常的职业生涯的真实故事终于被讲述出来了，为此我很高兴。

阿尔弗雷德·T.林林①

① 阿尔弗雷德·西奥多·林林（Alfred Theodore Ringling，1861—1919），美国杂技艺人，林林七兄弟之一。林林兄弟将自己的小镇表演团体逐渐发展成 20 世纪初最大的马戏团之一——林林兄弟马戏团，并与纽约大苹果马戏团、太阳马戏团并称为“世界三大马戏团”。林林兄弟马戏团已于 2017 年关闭。本书传主朱尔曾长期工作在林林兄弟马戏团。

前　言

当这本小书里的文章最初刊登在《星期六晚邮报》上时，我们为它引起的热烈反响感到惊讶。这确实证明了大家是多么喜欢小丑。然而，在评论和交流中，大多数人对内容的真实性存有疑问。我不得不说朱尔是一位真实存在的人物。今天，他仍在为大家带来欢笑。

第一次见到朱尔时，我正在以马戏团鲜为人知的一面为主题写作系列文章。朱尔的名字在马戏世界如雷贯耳，我一踏入这个世界就听说了他。他的个性给人的印象如此深刻，他对马戏团的生活如此热爱，而人们也如此尊敬他，除非有人对周围的一切都视而不见、听而不闻，否则不会没有听说过他的名字。这是帐篷里的游牧城市，随着黎明显现，又消失在夜色中。朱尔身在其中，是我们的朋友、哲人和向导。尽管这个城市如海市蜃楼一般短暂，但其中形形色色的居民却有着许多永恒的品质。没有人比小丑朱尔在建构此处的道德体系上贡献更大。

我们生活在这个令人窒息的时代，习惯把马戏团看成一个暂时的娱乐场所。它今天在这里驻扎，明天就去往他乡。然而，在它光怪陆离的外表和无休无止的旅途背后，是真正的马戏团传统。为什么马戏团能在一个渴望新消遣方式的时代经久不衰？只是因为它是最基本的，它能满足人们的基本需要，它是像小麦一样的主食。笑是一种为数不多的永恒之物，带来欢笑的马戏团也因而拥有了同样的品质。此外，马戏团和戏剧一样，都是艺术的表现形式。和艺术一样，它是普适的。小丑作为世界公民，诠释了一种世界性的幽默，在这种幽默中，既没有疆界的对立、种族的冲突，也没有教义的隔阂。大多数伟大的幽默家都是悲情的人，因此，小丑清醒的大脑里是一颗严肃并富有反思性的心灵。虽然他戴着帽子和铃铛，但他并不缺乏大人物的认可，加里克[①]、肯布尔[②]和布思[③]都很乐意把他认作同道中人。但是，只有遇到孩子，他才找到自己最感激的朋友。从更大的意义上说，世人看马戏时都是孩子。

在我的工作生涯中，我曾为不少伟大人物写作传记，也记录了不少时新的技术成就。所有这些人和快速发展的事中，我从未遇到过有谁对艺术理想的奉献比朱尔·图诺在漫长的小丑生涯中表现得更为真诚。我曾和他一起跟随帐篷马戏团喧嚣、旅行，也曾在剧场里观看他在人群面前演出，我始终觉得他为自己是一名小丑而自豪。认识他，确实是一次对品格和忠诚的

---

① 大卫·加里克(David Garrick，1717—1779)，英国演员、戏剧家、诗人，曾是伦敦德鲁里巷剧院经理。他改编并主演了多部莎士比亚的戏剧，对后世影响深远。

② 罗杰·肯布尔(Roger Kemble，1721—1802)，英国演员，做过伦敦德鲁里巷剧院和科文特花园剧院经理。他的父亲和哥哥也是著名演员。

③ 朱尼厄斯·布鲁特斯·布思(Junius Brutus Booth，1796—1852)，英国演员，1821 年移居美国。布思的子女也都是当时著名演员。

博雅教育。

艾萨克·F.马科森①

纽约,1910年1月

① 艾萨克·弗雷德里克·马科森(Isaac Frederick Marcosson,1876—1961),曾任美国《星期六晚邮报》《蒙西杂志》编辑,本书传主朱尔·图诺的采访者。

目　录

生在马戏团

看来我是命中注定要做小丑的，因为我就出生在马戏团的大篷车上。事情是这么一回事儿：我的母亲曾经在英法两国的戏台上做首席舞者，在科文特花园和德鲁里巷①的大型圣诞哑剧中演出过，可后来她身材走了形，就没法再继续跳舞。我的父亲也是跳舞的，还是一名普普通通的杂技艺人。母亲不想离开父亲，他们就共同把积蓄投资在一个小马戏团上。

那是50多年前了，欧洲还活跃着很多小马戏团。它们大多数都只能算草台班子，但能让大家乐一乐，因此很受欢迎。绝大多数乡村都没有什么戏院，有的

① 科文特花园（Covent Garden）和德鲁里巷（Drury Lane）都是伦敦大剧院的所在地。

话也是凤毛麟角，只有城里人才能时不时享受到演出的乐趣。因此，马戏团每到一个乡镇，大家就会蜂拥而至，久而久之，这成了一桩了不得的大事。通常，马戏团会在一个为集会与公众娱乐活动建造的大院子里演出，而且是露天的。如果中途下雨，观众要么打道回府，要么就得忍受着淋湿衣服的麻烦留下来继续享受观演的特权。马戏团的人会乘着大篷车，从这个镇子赶往下一个镇子。他们的大篷车样式跟现代美国马戏团的红色大马车很相像，但要小得多。

那时候的马戏团不一定会有动物展览，但想要生意好的话，至少得有一个笼子，里面有一头猛兽。我母亲的马戏团里就有一头元老级的狮子演员。它性情很和善，会乖乖地从小孩手里叼东西吃。因为脾气温柔，要使劲戳一戳它，它才会赏脸吼一声。马戏团的节目单上有好几项杂技，有一个玩杂耍的，一个变戏法的，还有这头忠心耿耿的狮子，它既能装饰门面，也能派上不少用场。母亲做了马戏团的经理，她在生意上的精明不亚于她之前脚尖的灵巧；父亲则是马戏团最主要的艺人。他们从一个城镇漫游到另一个，白天沐浴着和煦的阳光，晚上仰望着满天星斗，过着随遇而安的日子。

对我来说，至关重要的那一年，我们的小马戏团穿过法国南部，来到了西班牙。那是晴朗、炎热的7月，正好是星期日，马戏团到达了加利西亚[①]，在一处森林边缘扎营。我就是在那儿出生的。母亲和父亲吃过饭后，就在其中一辆车上睡觉，这辆大篷车多年来都是我们移动的家。母亲后来一直跟我说，我睁开小眼睛后，从车里望出去，第一眼看到的就是阿尔布罗老头——那个法国小丑。他正在太阳底下涂白脸，为下午的演出做准备。从此之后，他抛给观众的粗鲁玩笑不止一次地混杂着我这个婴儿的啼哭。他经常看护我，告诉我不少他在外国旅行的精彩见闻。我在大篷车上开始蹒跚学步，也时常在马蹄旁边睡下。在深夜啼哭时，母亲会抱着我来到狮子笼旁边，告诉我要是不停下来，这个老家伙就会冲出来大吼一通。我从

---

① 加利西亚（Galicia），位于西班牙西北部，南与葡萄牙接壤。

未在马戏团表演时大哭过，而是躺在车上的小床里，在音乐的催眠下酣然入梦。我可真是个马戏团的孩子啊。

等我大了一些，我就成了个棘手的问题。马戏团扩大了规模，母亲为管理上的各种琐事忙得不可开交，无暇顾及我，要找个跟着马戏团走的保姆也不可能。因此，我被送到了父亲在里斯本的亲戚那里。那里的童年生活是什么情形，我实在想不起来；与之相比，马戏团场景的记忆就鲜明很多了。我还记得里斯本的保姆跟我说过好多次，我长大后会当马戏团艺人，这当然让我很开心。冬天时，父母在收拾完那个小马戏团的杂事，并将老狮子租给土伦[①]的一家巡回动物园后，就会到里斯本来看我。我在5岁生日的时候第一次学会了认字，老保姆教我拼的第一个词就是“狮子”，而不是猫。这也难怪，关于狮子我什么都知道，对猫却所知甚少。

我的父母都很节俭，这是法国人的习惯。法国马

① 土伦（Toulon），法国东南部港口城市。

戏团在过去有个不成文的老规矩，那就是小孩子只要力气大到能用双手倒立，就必须要把他送出去学艺。同样，让孩子来继承马戏团家族的事业和名声也是个传统，子子孙孙都干这一行。无怪乎在我 6 岁这年一月的一天，父亲带我去了伦敦。在路上，他跟我说，到了我职业生涯开始的时候了。那时我只有 6 岁，却记下了这句话，直到今天也没有忘记。

到了伦敦，那里又湿又冷，我害怕得不得了。我跟父亲分开太久，总感觉怯生生的。我们去了一家马戏团、剧团的人常去落脚的旅馆。父亲跟他们中的大多数人都很熟，有好几个宽肩膀的男人用力拍我幼小的肩膀，弄得我好疼。那时马戏团的人都是一帮粗鲁严厉的硬汉子，他们都以为我跟他们一样强悍呢。

就在我们刚抵达伦敦的那晚，有一个魁梧壮实、脸膛红润的男人来旅馆见我父亲。我记得当时父亲管他叫康拉德先生。他进屋时我还哆嗦了一下，仿佛他注定要在我后来的人生中扮演一个非常重要的角色。不过当时他是怎么感染到我的？这真是不可思议。他跟父亲谈了好久，每隔一会儿就能听到他们提到我的名字。最后，这个人走过来，用一只手托起我（他是个大力士），把我抛到空中，又很轻松地接住我，让我滑到地上。

他离开后，父亲对我说："朱尔，从今往后你就要跟那个人一起生活了。他将是你的父亲和老师。要做个听话的孩子。"

接着他解释说，我已经被康拉德家族收为学徒，他们是个著名的杂技世家。次日，父亲带我去了另一家旅馆，康拉德家族的人就住在那里，他们正好在竞技场剧院[①]表演。不久，父亲回到了西班牙跟母亲团聚，而我从此开始了在马戏团的孤独生涯。

这儿也许该先解释一下被杂技"家族"收为学徒意味着什么。这种事在欧洲已经有上百年的历史了，只要还有杂技这一行，就还会有这种杂技世家。你在马戏团或是别处看到一大伙杂技表演者，不论是空中

① 位于伦敦查令十字街，近科文特花园。竞技场(Hippodrome)原指古希腊罗马时代举办赛马、战车等竞技活动的场所，后来许多剧院和音乐厅也使用了这个名字。

飞人、翻跟斗，还是骑自行车或骑马，他们都叫作“家族”。他们会有类似“惊险塞洛斯”或“奇妙勒韦利”之类的名号。有趣的是，他们根本不是真正的家庭。他们能组成团体，仅仅是因为他们会招收年幼的学徒，训练，培养才艺，并将其纳入他们的表演班底。一个马戏“家族”里可能有六七个真正的家庭。

杂技“家族”的首领总是块头最大的那一个。他在马戏团和杂技界的行话里被称作“顶梁柱”，在叠罗汉这种表演中，他也确实站在最底层，扮演着支撑其他所有人的角色。因此，他必须魁梧、强壮、有力，无论在哪方面都要能撑住场面。他负责签订演出合同和收钱，是这个艺人团体的总经理。康拉德家族就是一个著名的杂技“家族”，在欧洲大陆和英国有很多演出邀请。成为康拉德家族的一员后不久，我们便结束了在伦敦的演出档期，前往柏林著名的伦茨马戏团①。

---

① 位于德国柏林，1842 年成立，1897 年关闭。至今仍有几家德国马戏团在使用伦茨这一姓氏。

一开始我就明白，康拉德先生在一切事务上都是我的老板。他供我吃穿用度，安排我从早到晚的作息。训练很快开始了，有时在我们入住的旅馆房间或租屋里，有时在清晨开演前的场地上。

康拉德家族被称作“地毯上的体操家”，这意味着他们是在地上表演，而不是在空中。他们决定让我从练习柔术开始，因为他们正在准备的新表演项目里缺少一个柔术演员。我先练习的是业内称之为“摆姿势”的环节，包括向前向后弯曲身体。要成为一个好的柔术演员，你必须是一个擅长弯曲身体的人，甚至要弯曲到身体的两极贴合在一起。很多人天生身体灵活，但并不会就此成为柔术演员，因为这必须经过长期不断的训练。于是，每天都会有康拉德家族的人，一个拉着我的胳膊，一个拉着我的脚，来回弯折我的身体。这是一个异常艰辛痛苦的过程，我经常为此哭鼻子，这时就会有个老师来嘲讽我：“小娃娃才会哭，做个男子汉吧。”

有时候，我真觉得自己会因为疲劳和疼痛而一命呜呼。不过当我的身体越来越柔软，可以弯曲得更贴近时，我也开始为自己的成就而骄傲。康拉德家族的人鼓励这种骄傲感，不过他们只在看到我有明显的进步迹象时，才对我说一句好话。

“要成为小丑，每一步都需要艰辛努力。”

到了8岁时，大家都认为我是个不错的柔术演员。不过，早在这之前，我就上场在公众面前演出了。在这个“家族”的演出中，我一开始是做一个“人肉棒球”，被从这个人的肩膀上抛到那个人的肩膀上。另外一些时候，我则变成了一个“转轮”，一个康拉德家族的人仰躺着，用他的脚把我举起来，接着像轮子一样把我转动起来。刚开始的时候，这让我头晕得厉害，不过后来由于大家的喝彩，我渐渐喜欢上了它。观众的赞美真让人招架不住，谁不喜欢动听的掌声呢？在马戏这一行，你永远也听不够掌声。

除了柔术，我还被训练做体操。我首先要学的是前空翻。我在腰上系一条两边有环的腰带，环里穿上粗绳子，接着两个康拉德家族的人拉紧绳子两端，使其成为一个轴，我就绕着这个轴被旋转起来。很快，我不用他们帮忙也能前空翻了，还用同样的方法学会了后空翻。这种持续不断的训练让我的肌肉变得如钢铁一般结实。

这段时间，我们一直在欧洲旅行，观看各国都市的马戏团表演，但我没怎么体会过这些城市的风土人情。每天工作加训练要一整个白天加半个晚上，然后我就去睡觉了。杂技艺人必须得好好休息，保证睡眠充足。

我成为熟练的柔术演员之后，很快就迎来了个人首演。那时候，我被誉为“奇迹男孩”，不过这位“奇迹男孩”表演的是“魔鬼秀”：穿上红色紧身衣，涂上红脸，再戴上一条小尾巴，我看上去就像个如假包换的小恶魔。我永远不会忘记自己的个人首演。那是一间巨大的伦敦杂耍剧场。当我登台时，所有人都在为我可怕的样子鼓掌。那可真是一种奇妙的感觉——整个大厅都坐满了人，乐队也开始了演奏。在那一刻，我忘记了自己经受的一切，忘记了艰苦训练、旅途劳顿、挨饿受冻以及与父母骨肉分离的辛酸。我见到一个巨大、新奇、活生生的世界在我面前展开，所有的目光都注视着我。我表演的只是些简单的柔术，多亏红色服装的效果不错，演出轰动全场，我还被叫回台上谢幕了好几次。此后的一年里，我每天都要演两次“魔鬼秀”。每次演完后，我都要换下衣服，穿上肉色紧身衣，跟整个康拉德家族的人一起，做好我分内的柔术工作。

我在康拉德家族度过了十年的学徒生涯，最初的合同就是这么定的。十年里我没有任何报酬。我想，那十年里，我在自己身上的花费加起来不会超过一镑。康拉德家族的人倒是从我的演出中挣了大笔钱，尤其是从“魔鬼秀”里。当然，尽管他们都是些严苛的监工，我还是得说自己从他们那里学到了不少东西。

满16岁那年，我的奴役期结束了。与康拉德家族的合同到期，我自由了。康拉德家族想要我继续留在他们那儿，但我的背上已经有了太多伤疤，心里也对凄惨寒冷、忍饥挨饿的夜晚和残酷训练的漫长日子记忆犹新。我只想为自己在世界上闯荡。

在巴黎弗朗西斯科马戏团的时候，我遇到一位年轻的学徒，他是个不错的德国小伙。我们少年意气，彼此同病相怜，约定只等两人脱离束缚，就自己组班子。我说："谁知道呢？说不定有朝一日我们也会有一个自己的'家族'。"他的学徒期和我一同结束了。我拿着他的住址，到伦敦与他见面。他是个不错的柔术演员，跟我一样接受过严酷的训练，我们两个没怎么费力就拿到了演出工作。有段时间，我们在伦敦同时有四五场演出，不得不坐着出租车从这间剧场奔赴下一间，常常连换衣服都来不及。我们每人每周能挣20镑，这对一个刚满17岁的男孩来说是一笔可观的收入。我把挣到的大部分钱都寄给了母亲，她的马戏团破产了，自己住在巴黎。我的父亲在这期间去世了。你也许会纳闷，这样一个年纪轻轻的男孩是怎样照顾自己的？虽说我年岁尚轻，脊背和肌肉却很结实。生活很辛苦，我在这所严苛的学校里长大，在这里我学会了独立。

过了一年的自由生活后，我病倒了。有天表演柔术时，我的身体突然垮了。去了医院后，医生说我将有好多年都不能表演柔术。这让我难以置信。但他说我工作太拼命，累过了头。我人生中这不幸的一页就一笔带过吧——我在医院出出进进，足足有三年之久。

等到最终出院时，我觉得自己很虚弱，但我出院后做的第一件事就是尝试我以前的那些柔术把戏。但做着做着，我的脊背就像被猛拧了一般，一阵剧痛贯穿全身，我浑身直冒冷汗。我又试了一次，结果仍是如此。这时我意识到出什么事了——我的身体已经僵硬，做柔术演员的日子到头了。我才刚刚 20 岁，之前的生活都在工作和拮据中度过，接下来该怎么办呢？

成为小丑

我发现自己还能做一点杂技活儿，比如简单的后手翻动作。在第一次试着翻身并成功落地后，你永远想象不出我有多么欣慰。在那次落地后，我认识到自己还有点谋生的本领，这就像是一个人本来以为自己已经残废了一只胳膊，却突然发现这只胳膊又能动了一样。在我做柔术的日子里，我还是一个不错的杂技演员，这成了我的一个资本。于是，我加入了一个叫作“杰克利奇迹”[①] 的班子，并跟随布拉基尼马戏团

① “杰克利奇迹”（The Jackley Wonders）是杂技演员内森·杰克利（Nathan Jackley，1850—1923）创办的马戏团。他是当时著名的高难度杂技动作“杰克利跳”（Jackley Drops）的发明者。杰克利家族亦是当时著名的马戏家族之一。

开始了一次北非之旅。

可惜的是，发现自己体操能力尚存的喜悦没能维持很久——哪怕是一些最普通的杂技活儿都能让我累得够呛。每晚演出结束后，我都疼得要命。我的脊背不再有力了，这让我陷入了深深的绝望。

有一天，我跟马戏团的领班诉说了自己身体上的苦恼。他说："朱尔，你不是挺会模仿的吗？怎么不试着做个小丑看看？"

我觉得这是个好主意。我一直都对小丑这一行抱有兴趣。我还是个孩子时，小丑的诙谐滑稽与装疯卖傻就深深地俘获了我的心。我永远不会忘记阿尔布罗老头无微不至的关怀。他是我母亲马戏团里的老小丑，也是我的第一位保姆。在我做学徒的艰苦日子里，我会在训练结束后偷偷溜走，跑去看正在演出或休息的小丑。这些小丑会给我讲很多故事，但令我大为惊奇的是，他们从来不讲滑稽的故事。我曾非常仔细地观察过舞台之下的小丑，发现他们在场外都是极其严肃、清醒的人——我至今都记得自己最初发现这一点时的诧异。那时候，我就直觉自己会成为他们中的一员。

哪怕在那个时候，要做一个出色的小丑，首先也得擅长杂技。在小丑表演中，他需要展示很多难乎其难的身体上的绝活儿。那个时代的小丑被称为“脱口”小丑，他们一边表演，一边说个不停。那时候马戏团的规模要比现在小得多，要吸引观众注意、抓住观众兴趣，不是什么困难事。小丑最喜欢的一个环节就是戏耍马戏团领班，他会跟领班如此这般对话：

“我听说，你走南闯北去过很多地方？”

“对。”领班很神气地回答。

“去过罗马吗？”

“去过。”

“去过巴黎吗？”

“去过。”

接下来小丑会继续问他有没有去过其他一些城市，领班会一直回答“去过”。最后小丑便狡猾地问：

“去过监狱吗？”

而领班也会装作掉到这个陷阱里，顺口回答说“去过”，这时观众便会哄堂大笑。你可能觉得这种幽默很粗俗，但外地很多马戏观众都是中下层的百姓，他们认为这样的胡闹才最让他们开心。

我当上小丑后的首场演出有我极其生动的回忆。那是在北非的奥兰①的马戏团。我以前上场时，要的都是让人提心吊胆的杂技活儿，其中不少要冒着生命危险，但这对我不过是家常便饭，表演时我都不带眨眼的。然而在我涂白了脸站到广大观众面前之时，我却惴惴不安。不过，我妆化得好，人们一见我就笑起来了。笑声有一种特别的效果。要是你一上场，笑声连成一片，你便可以确信这场演出将大获成功。假如人们不觉得你看起来滑稽的话，他们就不会笑。我的紧张很快就消失了。

开始学习扮小丑后，我发现这是一个严肃而困难的行当。要想做一个小丑，或者说，要想做这个“行当”，每一步都是难事。要制造笑声，你得付出艰苦的努力。你可能注意到，几乎每个小丑都曾以各种荒唐可笑的方式做过跌跟头的练习。哪怕这种跌跟头也

① 奥兰（Oran），阿尔及利亚西北部的海港城市。

需要复杂的准备训练。在铺了木屑的地板上摔一跤看起来很容易①，但我告诉你，这只有经过长期练习才能做到，每一步都要认真排练。除非这一跟头摔得自然又滑稽，否则它就彻底演砸了。

在我早期的小丑生涯中，高高的尖顶帽给予了我莫大的帮助。我不知道它的来历，只知道它可能从原始的傻瓜帽②发展而来。我常常会戴着7顶这样的尖顶帽出场，然后摘下它们，一顶接一顶扔到空中，再一顶接一顶用脑袋接住。这总会引起观众的热烈反响。那时候马戏团规模都小，小丑只有一个，因此他得干很多活儿。

要做一个成功的小丑，你还得擅长哑剧，可以说整个小丑表演都是以哑剧为基础的。这可以让小丑在冬季和马戏团的淡季也能拿到在各种综艺舞台上的演出工作。

---

① 当时，小丑演出用的圆形舞台多以木屑铺成。

② 傻瓜帽（fool's cap）是早年宫廷小丑所戴的帽子，通常饰有铃铛和流苏。

“高高的尖顶帽给予了小丑莫大的帮助。”

与此同时，我走遍了整个欧洲，有时在这家马戏团干，有时在那家。我的小丑事业慢慢发展起来了。当然，从一个国家到另一个国家，各种欧陆国家的语言我都学会了一点。这相当重要，因为我经常需要不时跟观众来点现场对话。

就跟每个马戏团的艺人一样，我有很多次死里逃生的经历。我身上、胳膊上，很快就布满了伤疤，每一个都是一次事故的纪念品。在柏林的克利尼瑟利马戏团，我被一匹马撞倒了。“这位”还踩了我的脸，一蹄子就让我的脸开了花。观众还以为这是节目的一部分，笑得前仰后合，可我却得忍住剧痛，拿不准这畜生还会干出啥事来。

在圣彼得堡，我在一排马背上表演小丑跳跃，这时跳板滑了一下，我脑袋着地摔下来。人们抬我出去的时候都当我死了，结果几天后我又活蹦乱跳地干活去了。

我在巴黎夏日马戏团[①]演出时，目睹了极为难忘的一幕。团里有名潇洒自信的骑手叫普兰斯先生。他很受欢迎，一出场就能博得掌声雷动。他最擅长在马背上翻跟斗。有一天他从马上滑了下来，头朝下摔在地上不动了。一名助手跑上前去给他盖了床毯子，把他抱下了场。在那一刻领班摘下帽子宣布："没事，女士们、先生们，小小的事故。普兰斯先生请大家让他歇一会儿。"

然后我们这些小丑跳进场内欢呼雀跃，马戏表演照常进行。但事实上，普兰斯跌断了脖子，可以说当场就断气了。马戏团的人都不想分散观众的注意力，因此迅速果断行事，对众目睽睽之下发生的惨剧一字未提。

---

① 夏日马戏团（Cirque d'Été）始建于1841年，位于巴黎的香榭丽舍大街，因而时称"香榭丽舍马戏团"。在当时，它只在5月至10月的夏季期间开放。夏日马戏团最出名的小丑名为让-巴蒂斯特·奥里奥尔（Jean-Baptiste Auriol，1806—1881），他最著名的表演之一是"瓶子舞"——轻轻地走在约20个玻璃瓶的瓶口上面，然后用脚轻轻地将瓶一一推倒。

差不多在这个时期，我加入了一个叫舒曼的联合班子，一半是马戏，一半是杂耍综艺。我们有杂技艺人、杂耍艺人、歌手、舞者、小丑，还有我见过的最了不起的吞剑艺人马尔蒂尼。他可以把一柄刺刀和一部分枪杆塞下喉咙。另外，他还足智多谋，常常随机应变。下面这事足以说明。

有一回，我们一路兜兜转转，来到了墨西哥。在那儿我们去了很多小镇演出。旅行非常辛苦，因为墨西哥这个国家城市少，荒野多，我们只能骑驴子或者坐马车。路也很难走，到处都是强盗。我们团里所有人都不得不全副武装。

有天晚上，我们在一个小旅馆住下，想好好歇歇脚。第二天早上出发前，旅馆老板提醒我们，过某条狭窄的山路时要特别当心，那儿很危险。老板还说，我们很可能会被强盗抢劫。

“不过，”他补充说，“要是有个人在峡谷顶上露露头，向你们挥一挥帽子，你们就安全了。”

作为一个吞剑艺人，马尔蒂尼可谓是我们当中最接近真正的士兵或战士的人。因此，大家一致同意选举他为这次冒险行动的指挥官。当我们靠近那个狭隘的关口时，我们看到灌木丛里埋伏了好多人。马尔蒂尼让我们停下脚步，大声喝令我们装备好武器：“迅速开火，不畏死亡！”

然后，他向前一步，从剑鞘里拔出吞剑表演时用的最长的那一把剑。他用手指划过剑刃，测试了一下锋利程度，紧接着摆出戏剧般的姿势，把剑吞进了喉咙，而且是一点一点往下捅。真是怪诞而难忘的一幕：在朝阳照耀下，周围峰峦叠嶂，一个吞剑者站在悬崖上，完全可以说是为了活命而吞剑。

当时的墨西哥还是个落后的国家，人们都很迷信。他们以前从未见过吞剑者。因此，当马尔蒂尼进行这场露天表演时，我们几乎能听到这帮绿林好汉们因惊惧而大口喘气。过了一阵子，其中一个站起来，哆哆嗦嗦地举起手挥了挥帽子，我们得以安全通过危险地带。十有八九是吞剑表演救了我们的命，我们向马尔蒂尼致以最热烈的赞美和祝贺。

这件事让我拿定了主意。我觉得自己的工作本身就辛苦，实在不想再让外界的威胁来折磨我的生命。

工作中遇到的危险已经够我受的了。所以我决定，一有机会就离开。在那个年代，我们没有书面合同，演员们可以随时准备走人。

我们穿越了墨西哥和一些中美洲国家，最后抵达太平洋沿岸。班子打算去南美，想邀我一起去，但我谢绝了。我已经来到了新大陆，想好好看看这里。另外，我的母亲这时已经去往纽约生活。她再婚了，新丈夫是一位烟花制造商。

于是，我乘上最早的一班船前往旧金山。一上岸，我就感到一股难以抑制的兴奋，因为美国一直在向我招手。我总觉得在这里再也不会有艰难困苦。大地在微笑，天空像意大利一样蓝。

我穿过大陆，来到纽约，直接去了母亲家。她住在第三大道的一套小公寓里。我已经有 19 年没有见过她了。我几乎是颤抖着登上台阶，按响了她家的门铃。似乎过了很久，门把手才转动，门被打开了。在门口，我看到了一位矮胖的女人，她好奇地盯着我。我看得出来，她已经不认得我了。

“您是哪位，有何贵干?”她问道。

“你不认识我了吗?”我问。

那个女人凝视着我，缓缓说道：“不认识。”

这让我深深地感到痛楚。

“我是你的儿子朱尔啊。”我说。

她突然大叫一声，扑上来抱住我的脖子。接着，她几乎把我抱进了屋，让我坐在她的腿上。她抚摸着我的脸说：“你的变化太大了。你小时候柔软如丝的头发去哪里了？你美丽的肤色又去哪儿了?”

我曾经鲜嫩柔和的脸蛋被马戏团生活摧毁了，这已经足够伤感了。我在表演“魔鬼秀”时使用的叫作“红响板”① 的颜料也在我的脸上留下了痕迹。除此之外，痛苦和艰辛也留下了不可磨灭的印记，在我的脸上形成了一条条皱纹。我作为小丑不得不戴的紧身帽让我的头发变得稀疏、粗糙。

不过，我很高兴自己能回到一个可以称之为“家”的地方。我急切地询问母亲姐妹们的近况如何。我其

① 红响板（Red Rattle）原指一种名为“沼生马先蒿”（pedicularis palustris）的植物，其种子成熟后会在荚果内发出响声。

中一位姐妹米莉已经成为一名了不起的空中飞人，她在福勒波夫马戏团①工作；而我另一位姐妹珍妮，是塞尔斯兄弟马戏团②里著名的无鞍骑手；我的兄弟汤姆也成为一名著名的杂技和哑剧艺人，并加入了汉隆马戏团③。我为他们感到骄傲，他们为我们马戏家族争得了荣誉和尊严，保持住了优良的家族传统。还得在自己的行当里干出点名堂的人，只剩我一人了。

我还想在母亲身边多待一阵子，于是就在包厘街的一个综艺班子里表演杂耍节目，包厘街是当时纽约最著名的娱乐街。但是，马戏团的召唤总在我耳边回

① 福勒波夫马戏团由美国企业家亚当·福勒波夫（Adam Forepaugh，1831—1890）创办。在19世纪70年代到80年代，福勒波夫马戏团与下文中的巴纳姆马戏团是美国最大的两家马戏团。1889年，福勒波夫分别将马戏团的班子和火车卖给巴纳姆马戏团（当时合并成为巴纳姆贝利马戏团）和林林马戏团。

② 塞尔斯兄弟马戏团（Sells Brothers Circus）是由刘易斯·塞尔斯和彼得·塞尔斯兄弟成立的美国马戏团，后与福勒波夫马戏团合并。

③ 汉隆-利斯马戏团（Hanlon-Lees）是由汉隆六兄弟及其导师约翰·利斯于19世纪40年代成立的马戏团，在19世纪后半叶的美、英、法等国有很高的知名度。

荡。一旦你尝过它的滋味，它就永远不会消失。于是，我去哈瓦那的一个马戏团里做了一段时间的西班牙语小丑，然后又回到了美国。这次，是为了留下来。

加入帐篷马戏团

这么多年来，我在很多不同的地方做过小丑。其间，美国特有的机构——帐篷马戏团一直在迅速发展。早在 1826 年，第一家在“帐篷顶”而非“房顶”下表演节目的马戏团就在新英格兰开始了奇迹般的演出。在那之前，马戏团表演都是在框架建筑和剧院里上演的，或是在旅馆庭院里用帆布围起来露天举行。最早的马戏表演都没有野兽。后来，有船长本着投机的想法把异国他乡的野兽带到美国，也有马戏团经理从他们那里购买这些野兽，但巡回动物园还是一个与马戏团截然分开的机构。野兽总是特别引人瞩目，且只在白天展出，这就使得马戏团经理在周日也能够吸引人们。直到 1851 年，观众才能够用一张票同时看到马戏和动物。

习惯于看到大象的人们已经很难想象，第一头被带到这个国家的大象让人们感受到了多么深刻的震撼。我经常听到老一辈艺人们谈论这头大象。它在那时不属于马戏团，而是在白天的谷仓里单独展出。到了晚上，它就被裹在毯子里，从这个城镇带到下一个城镇，这让好奇的乡下人连免费瞥一眼的机会都没有。不幸的是，这头大象被一个丧心病狂的恶棍射杀了，他想看看子弹是否能打穿它厚厚的皮。

在欧洲，我曾从一些大受欢迎的艺人那里听到过关于美国马戏团的各种传闻。有些传闻似乎令人难以置信。据说这个国家的节目里有数百匹马。有几百匹马，就有几百名随从。这与我们欧洲大陆的小马戏团相比也太大了，因此我拒绝相信它。但等我真的来到了这里，看到一家家光彩夺目的美国马戏团时，我才意识到：传闻还不及它们精彩程度的一半。

当我从哈瓦那回到美国的时候，老一代的马戏团之王们正在开疆拓土。W.C. 库普[1]可以称得上现代巡回马戏团之父，他就在那时候推出了“联合怪物秀”。他还将 P.T. 巴纳姆[2]从博物馆行业吸引到马戏团圈子里，组成了第一个当之无愧的大型联合马戏团。

在那个年代，“北方佬”鲁滨逊[3]（他早在 19 世

① 威廉·卡梅隆·库普（William Cameron Coup，1836—1895），美国商人。他和丹·卡斯特罗于 1867 年成立了“大马戏团和埃及大篷车”，其中有 8 头原属美军骆驼部队的骆驼。1870 年，二人说服了巴纳姆，合伙成立巴纳姆马戏团。“联合怪物秀”（United Monster Shows）是库普于 1879 年组织、合并而成的一家巡回马戏团。库普也是马戏团火车这一运输方式的创始人。

② 菲尼亚斯·泰勒·巴纳姆（Phineas Taylor Barnum，1810—1891），美国著名艺人、政治家、商人。1871 年，已经在音乐剧、博物馆等商业领域颇有成就的巴纳姆与库普、卡斯特罗合伙成立了自己的巡回马戏团，业务涵盖杂技、巡回动物园、畸形怪物展览等。

③ 费耶特·洛达维克·鲁滨逊（Fayette Lodawick Robinson，1818—1884），马戏团经理，于 1854 年成立了自己的马戏团。在南北战争前几年，由于其鲜明的废奴主义立场，鲁滨逊的南方巡回演出受到南方人的强烈抵触。1883 年，他把自己的马戏团并入新成立的林林马戏团，并成为林林兄弟的导师。

“要制造笑声，你得付出艰苦的努力。”

纪 60 年代就是雄踞马戏界的霸主）、塞尔斯兄弟、亚当·福勒波夫、梅比家族[①]、丹·卡斯特罗[②]和约翰·鲁滨逊[③]，都有一些巡回演出，而且一直在做大做强。也是差不多那个时候，林林兄弟开始了自己第一轮激动人心的演出，并为今天成为马戏界的领导者奠定了知识和经验的基础。

那时，所有的马戏团都是大篷车巡演。他们乘着大篷车，从一个城镇前往另一个城镇。艺人们要么先车队一步乘坐公共马车先去目的地的旅馆住下，要么在车队里特制的车厢里尽可能地抽空打个盹。前往下一城镇的出发时间通常是凌晨 3 点左右，一般从这个镇子到另一个镇子的路程不会超过 20 英里，更多的

---

① 梅比马戏团存在于 1847—1864 年，由艾德·F.梅比和杰瑞·梅比所有，1865 年被福勒波夫收购。

② 丹·卡斯特罗（Dan Castello），库普的“大马戏团和埃及大篷车”的创办人之一，也是后来巴纳姆马戏团的合伙人之一。

③ 约翰·富兰克林·鲁滨逊（John Franklin Robinson），马戏团经理，约翰·鲁滨逊马戏团的创始人。该马戏团后来并入美国马戏团公司，后者于 1929 年被林林马戏团收购。

情况下还要短得多。在车队的最前头，领队会骑着马，提着灯笼。大部分马车上都有火把，在夜色中闪烁不定，投下巨大的阴影。嘎吱作响的车辆，嘶鸣的马，时而咆哮的野兽，蜿蜒穿行于夜色中，这可真是一幅奇怪的画面。许多车夫都会在座位上打瞌睡。大象总是不慌不忙、威严地前行，旁边走着一个昏昏欲睡的象夫。每到道路转弯的地方，前面的车队都会留下燃烧的火把来指示路线。但有时这些火把熄灭了，后面的队伍就会迷路。不止一次，住在路旁的农夫被猛地从睡梦中唤醒。当他把头伸出窗外，看到有头大象黑森森地巍然耸立在前院时，他简直要怀疑是不是自己脑子出了毛病。此情此景，现在想来仍历历在目。

我加入的第一个帐篷马戏团是伯尔·罗宾斯马戏团①，这是一家挺大的大篷车马戏团。尽管我起初只感觉夜晚乘马车旅行挺新鲜，还有些怪，但是我对这种生活真是喜欢得不得了。躺在马车里，在星空下，

① 伯尔·罗宾斯（Burr Robbins，1837—1908），美国马戏团经理，1859 年开始从业。

感受着乡村的甜蜜气息，真的好自在。很多时候，夜晚如此寂静，唯一的声音就是马车的吱嘎声，偶尔听见象夫嘀咕“还有一英里呐”，这是催促那头慢条斯理的大象快一点。

那时马戏团的日程安排也与现在大不相同。天亮前，整队人马会暂时停在目的地的城外，直到天亮后才进城。勤杂工会匆忙赶到场地搭起帐篷，而我们则留在后面做游行表演的打扮工作。布满灰尘的马车上升起了欢乐的旗帜，又累又困的演员们从凌乱的床上爬起来，换上东方情调的华丽服装。大象的背上安上了一个华丽的轿子，通常一个来自某个东方城市的黑眼睛美女被高高吊起，骑在大象背上，成为每个乡村少女钦慕的对象。我们从上个城镇一路走来，不管旅途多么漫长、多么疲惫，经受了多少雨水和尘土，团里的每名成员，无论是人还是动物，都会为游行振作起来。当然，到这个时候，我们就已经被一群瞠目结舌的乡下人包围了。在镇上游行时，我们往往是空着肚子的，因为在村里的人们都能享受马戏团提供的所有“免费观瞻”之前，我们不能松懈下来。在游行中，小丑们总是在赶骡子。等到游行队伍到达场地，演员们会换好衣服，快速赶回到村里的旅馆，然后尽情大吃一顿。有时间的话，我们还会抓紧时间睡上几个小时。但是在巡演季节，马戏团的人和睡个好觉往往很难沾边。你去问任何一个马戏团的人什么时候可以睡觉，他都会说："在冬天。"

无论那时、现在，还是将来，小丑都是马戏团非常重要的一部分。你能听到大街小巷的人们都在问："小丑呢?"等我们一进入视野，四处都是欢声笑语和掌声。在伯尔·罗宾斯马戏团工作期间，我被称为"吹牛瞎掰、上蹿下跳的小丑"。

我本人有过许多奇怪的经历，但没有什么会比在美国马戏团大帐篷里的首演更让我难忘了。我感觉自己被带到了一个完全不同的演艺世界，就像是在一个帆布的海洋里活动、呼吸。这里的场地要比欧洲马戏团的大得多，我发现必须竭尽全力才能被看到、听到和欣赏到。

另外我还发现，美国的马戏团普通观众对小丑的反应普遍不如欧洲的马戏团常客那样热烈。原因之一是，即使生活在小城镇的普通美国人也比他的外国兄弟有更多的娱乐活动。此外，欧洲人已经见识过了一代又一代小丑，见证了小丑艺术的整个演变过程，而美国人要向欧洲人看齐，经过一番熏陶才能欣赏。

我在罗宾斯马戏团待了好几年，觉得大篷车生活非常迷人，马戏团成员当中有一种奇怪的民主。在那里，我也见到了不少同乡，一般的马戏团艺人也都是些四海为家的游牧者。

在那些日子里，马戏团之间的竞争非常激烈，且代价惨痛，甚至经常发生一些公开的斗殴。我听说有一次，一名团长为了阻止竞争对手到达下一个城镇，不惜烧毁了一座桥。当地居民往往也对马戏团怀有敌意。这时，马戏团的人不得不为了自卫而战，“嘿，鲁布！”① 这句话应运而生。多年来，这一直是艺人们

---

① “嘿，鲁布！”（Hey，Rube!）是美国马戏界的常用俚语，起源于19世纪中叶，用于与外人斗殴时召集同伴和呼救，至今仍在使用。有关其起源，一种解释是1848年著名小丑丹·赖斯的一名马戏团成员受到袭击，他向自己的朋友鲁布大呼“嘿，鲁布！”求救；另一种解释是“鲁布”本身就是称呼乡下人的俚语，即“乡巴佬”。

的战斗口号。它既是拿起武器的号召，又是求救的呼声。上一秒我听到它在黑暗的深夜响起，下一秒我便发现自己身处一群东奔西窜、打架斗殴的暴徒中间。

当我加入罗宾斯马戏团巡回演出时，代价惨痛、你死我活的争斗已经平息，但马戏团的生意仍然充满了艰难险阻。火灾、飓风和车祸是最主要的威胁。那时马戏团的动物们在举行大型演出的大帐篷里展出，一旦发生火灾，动物们往往会跑出来。有一次我在跑道上，看到一只豹子从笼子里逃了出来，这可把我吓坏了。它蹲伏在木屑舞台上，旁边的台子上还有几匹马。这匹野兽犹豫了一会儿，猛地跃入空中，落在其中一匹马的背上。那匹马吓得浑身僵硬，一动不动。突然，我听到座位上一阵骚动，一个醉醺醺的乡下人跑到台上。还没等别人反应过来，他就已经抓住一条鞭子，狠狠地抽打豹子。他高大强壮，鞭子如雨点般抽向豹子。很快，豹子开始哀鸣，不久就在木屑地上卑躬屈膝，被刚刚赶到的驯兽师接管回去。

在罗宾斯马戏团的日子里，我很快发现，要在美国成为一名成功的小丑，你必须编一些有当地特色的段子，这也是喜剧演员在舞台上的一贯技巧。那时帐篷没有现在这么大，你可以和你的观众聊几句，很容易达成默契。因此，我每次一到达某个城镇，就赶紧去找一份当地的报纸，看看最近发生了什么事。我会在之后的小丑表演中提到它们，屡试不爽。

我们一直随马戏团旅行，途中美国形形色色的景象给我留下了非常深刻的印象。在南方，我对那些涌向马戏团的黑人很感兴趣。他们不惜花掉最后一分钱也要进来看马戏。他们也很迷信，当我们变戏法或者花式摔跤时（它们全靠手法敏捷），他们会睁大眼睛盯着我们。有些人甚至还吓得离开了帐篷。

黑人一直对逃跑的野兽极度恐惧。马戏团的先遣队，也就是提前到达、张贴广告的那些人，最喜欢的一个恶作剧就是告诉黑人，我们有一窝狮子和老虎逃跑了，正在乡下游荡。不过，这给了黑人一个很好的借口来逃避去森林里伐木，这些老兄总是喜欢找到一些借口，尽量拖延干体力活儿。

我们的工作也并非没有消遣和乐趣。一般来说，男孩子们普遍都想加入马戏团，在乡下孩子的身上，这种愿望尤为强烈。他们中有许多人都想成为“演员”——他们如此称呼我们玩杂技的艺人。我们想出一个点子，向雄心勃勃的年轻人出售一种药膏，并宣称这可以使他们的身体更加柔软灵活。它其实由廉价的油脂制成，卖这个也不图别的，就是图个乐子。总是有很多年轻人想成为小丑，他们纷纷购买这种据说可以增强各种身体力量的药膏。

这是一种纯净而自由的生活，其中的艰辛很快就会被忘却。

小丑的把戏

那是美国小丑行当的黄金时代，是大师辈出的时代。如今，那个时代已经过去，再也不会回来了。你可能不这么认为，但是我们小丑对自己的职业抱有的骄傲感，不亚于最完美的莎士比亚戏剧演员。今天，一想起那个时代的伟人，就让我兴奋不已。我对他们崇拜得五体投地，从他们的艺术中汲取着灵感。他们都是画着白脸的小丑，也是这个世界见识过的最滑稽的笑料制造者。

美国有史以来最伟大的小丑是丹·赖斯[①]。一提

① 丹·赖斯（Dan Rice，1823—1900），美国南北战争前家喻户晓的艺人，是美国流行文化的领军人物。马克·吐温在《哈克贝利·费恩历险记》中对马戏团的描述就是向赖斯致敬。

起他的名字，人们就能回想起他在木屑舞台上那些大获成功的著名演出。他一开始在宾夕法尼亚州的雷丁市演木偶剧，后来他养了一头训练有素的猪，从此开始了自己的小丑生涯。

他还是一名出色的骑手，在胆大过人方面只有一个人与他匹敌，那人就是詹姆斯·鲁滨逊，后者也许是美国迄今为止最令人惊叹的骑手。丹在舞台内外都有一手。有一段时间，他组织了当时被称为“大河秀”的演出，在其中扮演一名出色的黑人歌手①。演出在一艘“宫殿船”里举行，它被装修成了一座歌剧院。这艘“宫殿船”被一艘大拖船拉着，演员们的饮食起居都在船舱里。许多马戏团都会以这种方式巡演，只要每天在码头边系好船，便可以很快开始一场演出。这在密西西比河上下游很受欢迎。在取悦马戏

① 这类表演叫作“吟游演出”（Minstrel Show），在当时多指白人团体化装成黑人进行的滑稽表演。自19世纪至20世纪中叶，这类表演是一种相当普遍的通俗艺术形式。但随着后来民权运动的兴起，这种对黑人进行恶搞的“Minstrel Show”引起了很大的争议。

团的观众上，赖斯可以说费尽了心思。

有一段时间，他一周能挣 1000 美元；而有一个演出季，亚当·福勒波夫付给他 2.7 万美元的报酬。他很快就跻身大富翁的行列，曾一度拥有费城的核桃街剧院[①]，还拥有一个在各地巡演的大帐篷马戏团。他性格慷慨，又有一种斯巴达式的勇气，面对愤怒的人群也能毫不畏缩，因此深受人们爱戴。他的名字家喻户晓，但他最终却在纽约二十三街的一所小房子里穷困潦倒地死去。我们艺术的一部分也随他而去。

乔治·L.福克斯[②]是丹·赖斯势均力敌的对手，他被称为“美国的格里马尔迪”。格里马尔迪是伟大的英国小丑。福克斯让哑剧艺术在这个国家达到了完

① 核桃街剧院（Walnut Street Theatre）成立于 1809 年，是英语世界持续经营至今的最古老的剧院，也是美国历史上最为悠久的剧院。

② 乔治·L.福克斯（George Lafayette Fox，1825—1877），美国著名演员、舞者和小丑。1868 年，他参与撰写了《蛋头先生》的哑剧版本，并出演了他的招牌角色——小丑。他的小丑表演的灵感来自格里马尔迪。

美的极致。他是最初的"蛋头先生"①，仅在纽约，他就近两千次扮演了这个角色。他的滑稽魅力是不可抗拒的，布思和当时所有的伟大悲剧演员都在他的崇拜者之列。

福克斯扮演的"蛋头先生"

① "蛋头先生"（Humpty Dumpty），又译"矮胖子"，是英语世界中最著名的童谣人物之一，通常被描绘成一枚拟人化的蛋。这个形象出自英语童谣集《鹅妈妈童谣》中的《蛋头先生》："蛋头先生坐墙头，栽了一个大跟头。国王叫来人和马，已成破蛋没办法。"

此外还有“爹地”赖斯①（他和丹·赖斯没有血缘关系），以及乔·彭特兰②、约翰尼·帕特森③、比利·沃利特、丹·加德纳④、约翰·戈辛、查尔斯·西利⑤、约翰·拉罗、女演员比莉的父亲比利·伯克⑥、“异想天开的”沃克，都是了不起的小丑演员。同样重要的还有阿尔·米亚科，他仍在和我们一起旅

① 托马斯·赖斯（Thomas Rice，1808—1860），美国演员和剧作家。他是当时最受欢迎的吟游艺人之一，对非裔美国人文化的流行贡献颇大。

② 乔·彭特兰（Joe Pentland，1816—1873），本名约瑟夫，美国小丑演员。

③ 约翰尼·帕特森（Johnny Patterson，1840—1889），爱尔兰歌手、词曲作者和马戏团艺人，当时以“爱尔兰的歌唱家小丑”而闻名。

④ 丹·加德纳（Dan Gardener，1816—1880），本名丹尼尔，美国小丑演员，晚年时被称为“最古老的马戏团小丑”。

⑤ 查尔斯·西利（Charles Seeley，1821—1917），美国杂技和小丑演员。

⑥ 比利·伯克，本名威廉·埃塞尔伯特·伯克（William Ethelbert Burke，1843—1906），美国小丑演员和吟游艺人，曾跟随巴纳姆贝利马戏团巡回旅行。其女儿比莉·伯克是百老汇著名演员。

行巡演。他是一名真正的宫廷弄臣，成日戴着帽子和铃铛。他能背诵的莎士比亚的台词比大多数学者都要多。如今他在帐篷门外等待上场时，手里往往捧着一本本·琼生①或拜伦的书。他是过去小丑的黄金时代为数不多的遗存，从过去到现在，他一直是一位真正的艺术家，他在哑剧上的造诣无人能及。米亚科快70岁了，但仍可以像年轻人一样轻松灵活地把脚绕在脖子上。他学富五车，却每天涂白了脸，冲着人们做鬼脸。他很高兴自己是一名白脸小丑。

那个时代那些伟大的小丑，同时也是了不起的喜剧演员。如果你把他们放到普通的剧院舞台上演出（我们称之为“厅堂表演”），他们也会大获成功，因为他们懂得如何以一种简单、自然的方式逗乐。不过，如果反过来将一位舞台喜剧演员移植到马戏团，他却极有可能失败。他平常用的逗乐的法子在那里会显得矫揉造作。

① 本·琼生（Ben Jonson，约1572—1637），英国文艺复兴时期的剧作家和诗人。他以讽刺剧见长，有代表作《伏尔蓬》和《炼金术士》。他的抒情诗也很出名。

现在想起小丑从前耍的那些成功把戏，我仍会忍俊不禁。其中最著名的节目之一叫“醉鬼彼得·詹金斯”，这么称呼是因为一名叫彼得·詹金斯的小丑首先上演了这个节目。首先，领班走上台，面对观众。接着，领班宣布说：“女士们、先生们，我很荣幸地向大家宣布，接下来将由拉布朗什小姐为大家表演马术。她是当今世界最著名、最大胆的骑手，她曾在欧洲所有王室成员面前表演她精彩绝伦、惊险刺激的无鞍马术。”

话音刚落，马夫就牵上来一匹健美的马。这总是一匹上等好马，是“松香背”① 里的佼佼者。这匹马绕着舞台溜达了几圈，突然垫具室②里传来一阵骚动，一名助手急匆匆地走进来，在领班耳边嘀咕了几句。领班看上去受到了很大的惊吓，犹豫了一下后走上台前，解释说：“女士们、先生们，非常抱歉。我不得不遗憾地告诉大家，拉布朗什小姐在来这里的路上被

---

① 无鞍骑乘用的马叫“松香背”，因为要在马背抹上松香才能让骑手稳当地站在上面。

② 主帐篷外专门给马安装马具的小帐篷。

马踢了一下，伤势严重，无法为大家出场表演了。”

不难想象，这种时候在观众席上总会有一阵失望的嘘声。片刻过后，一名衣衫褴褛的男子从观众席上猛地站起来，一副醉醺醺的样子，大声喊道：“这个马戏团就会骗人钱。我是过来看那小妞骑马的，别想着糊弄我。”

他一边骂骂咧咧地跟领班吵个不停，一边踉踉跄跄地从沮丧的观众中向舞台走去。大帐篷里的所有人对这突发的小插曲兴趣盎然，而且都信以为真。

醉鬼穿过跑道，走到领班身旁，又开始对领班骂骂咧咧。领班紧接着回应道：“你看起来这么机灵，大概觉得自己也会骑马吧？”

那匹马这会儿一直待在场地上。

“我敢打赌自己保准骑得不差！”这位陌生人回答，说完就准备上马。

领班试图拉住他，说：“那匹马很危险，我警告你，可别伤着。”

但那醉鬼不理会他的警告，脱下自己的外套，依旧一副醉醺醺的样子，费劲扒拉地要爬到马背上。看着这场演出的观众们愈发提心吊胆，许多人都站到了座位上。他们都觉得肯定要出岔子了。可以说，几乎每个来看马戏的人都想看到点节目单以外的意外事故。他们想看驯兽师让狂怒的狮子咬一口，或是杂技艺人突然摔到地上。我想这大概就是人性吧。

不管怎样，醉鬼终于还是骑上了马背。他从兜里掏出酒瓶，咕咚咕咚又狂饮了一通，算是道别酒。这时马开始跑动了，醉鬼也猛地把身子往前一趴，仿佛只有竭尽全力才能保持平衡。马先在跑道上小步跑着，醉鬼的衣服一件件甩落下来，显露出下面的紧身衣和闪闪发亮的金属片，俨然是一位高贵的、胸有成竹的骑手。领班甩了一下鞭子，马开始飞奔，这时大家发现之前的醉鬼原来真是个优雅娴熟的好手，刚才只是个耍人的把戏，但因为它如此精彩，所有人都忍不住热烈鼓掌。这个节目就这样大获成功了。不过，要想获得成功，需要一名很厉害的小丑才行，他首先得是个不错的无鞍骑手。我在这个节目中做过很多次的“小丑乙”，工作是当骑手与领班对话时，在一旁逗那匹马玩儿。

当时还有一个很成功的小丑把戏，叫“一月的买卖”。有史以来，美国的马戏团一直把小丑赶的那头骡子叫“一月”。我不知道这头畜生是因何缘故得到这个绰号的，只知道它的神情宛如严冬的死人，而且尾巴老是绑在缰绳上。①

这个把戏是这样的：小丑驾着一辆骡子拉的红色大车，“得得得”上了场，又“得得得”拉住骡子，大喊一声：“吁，一月！”

这句吆喝有着惊人的魔力。不管是在城镇还是在乡村，不管观众多还是少，它总会带来雷鸣般的掌声。在这喧闹的入场式后，场上的领班有一匹不错的马，小丑想用骡子跟他交换，于是就跟领班讨价还价起来。双方达成了交易，小丑得意扬扬地赶着马走了。但当领班想牵走骡子时，这头畜生却异常执拗，寸步不挪。领班无可奈何，只好叫小丑再回来，可是小丑鼻孔朝天，对此不屑一顾。这逗得人们哄堂大

① 小丑在表演赶骡车时，会分出一小股缰绳来绑住骡子的尾巴。这样让尾巴看上去就像翘起来一样。

笑。到最后，领班迫不得已，只好大声乞求小丑，只要他牵走骡子，自己宁可再多出一笔钱。小丑这才屈尊回来，把老“一月”套到自己车上，赶着车往回走，手里挥舞着领班多给的钞票说：“这就叫‘难者不会，会者不难’!”

这句话总能让观众深深着迷。大家对贩马的事儿有浓厚兴趣，对一方在交易中赔钱倒贴这种倒霉事儿更是喜闻乐见。

1889 年，我加入了林林兄弟马戏团，从此就一直待在这儿。那是大篷车巡演的最后一年。第二年开始我们就变成火车巡演了，坐着火车从这个城镇到下一个城镇。不知怎么，一开始我不怎么喜欢这种变化。我已经太习惯夜间马车旅行，习惯了那种狂野、自由、干净、无拘无束的生活，所以我实在不喜欢睡在憋闷的火车里，老是有煤烟味儿和煤渣的烦恼。马戏团里的其他人都跟我感觉差不多。马车上的旅行和生活自然是困苦的，可是在露天野外，我的周围是上帝的空气与阳光。虽说也会有狂风暴雨的时候，但它们带来的不便不至于持续很久。这种生活让每个人都结

“要做一个成功的小丑，你得擅长哑剧。”

实、健康，哪怕是百万富翁也会羡慕我们的胃口与健康。不过，从另一个角度来说，我们的生活或多或少是一种持续的风险。

林林兄弟马戏团的火车

火车巡演倒是有一个巨大的好处，就是马戏团仍可以留在帐篷里表演。外人也许觉得难以理解，但我们在帐篷里要比在其他任何地方都工作得更舒心。从拿钱最多的“台柱子”（那些艺人们）到拿钱最少的“粗脖子”（那些勤杂工），马戏团上上下下都这么认为。他们宁可在北达科他州大草原上的“大帆布顶”下淋得湿透，也不愿在纽约麦迪逊广场花园①的屋顶

① 麦迪逊广场花园（Madison Square Garden），美国纽约的一个多功能室内场馆，始建于1879年，当时包含剧院、音乐厅等设施。

下保持干爽。

当然了，马戏团也一直在发展壮大。最初，它只有一个演出场地，但在演艺行业的竞争刺激下，各个班子的老板都想吸引更多的新观众，于是一个演出场地变成了两个，再后来三个演出场地、包含各种庞大娱乐项目的组合怪物也出现了，并在全国上下遍地开花。

马戏团达到一定规模以后，脱口小丑就消失了。他们的工作不复存在是自然而然的。帐篷变得如此之大，舞台也变得如此之广，要让观众席上的人听到自己说话非常困难。另外，场地上同时进行着这么多表演项目，小丑得手脚并用才能吸引一点儿注意力。

现代马戏团有了很多创新技术作为协助手段，出现了诸如“死神之吻”（汽车翻跟斗）这类怪诞的节目。这些各式各样的怪诞节目特意为追求消遣、刺激的年轻人而精心设计，然而只有小丑依旧是并且永远是马戏团真正的特征。他们就像那位英国诗人诗中所写的小溪那样，将会永远流淌下去。[①]

不过，小丑也要跟得上马戏团发展的步伐。如果一个普通人看到一群小丑在场地上戏耍，被他们的怪诞滑稽逗乐，他可能会觉得这是一份愚蠢而简单的工作。但他只要稍微尝试一下，就会发现这份工作有多么困难，每一个环节都需要仔细思考，每一个动作都经过刻苦排练。为了一个花样摔跤的把戏，我曾足足练了一个月。

你可能曾发现小丑都是三三两两地上场表演，这是因为每一次上场表演，不管多么可笑，多么简单，都要讲一个故事。每一次表演，都可以说是一场小型喜剧或者微戏剧。我们要表演的不是单纯的动作，还要用这些动作来暗示一个甚至一系列的事件。如果一个小丑穿上了军装，他们的动作就会明确暗示军营、战场等军事场景。这些场景可能荒唐可笑，但仍旧应

---

① 这里指阿尔弗雷德·丁尼生（Alfred Lord Tennyson，1809—1892）题为《小溪》（*The Brook*）的诗，其中有一节："我潺潺流淌，汇入江河、海洋，人们来来去去，但我将永远流淌。"

该是一个具体的画面。

在这个忙忙碌碌的世界上，小丑表演要和其他事物一样紧跟时代步伐，对各种时髦风尚加以嘲弄。不管是《莎乐美》《风流寡妇》①，还是罗斯福②的非洲之旅和飞艇，一个出色的小丑在举手投足之间都能完美地将之模仿，这是最基本的要求。这就是为什么出色的小丑都擅长哑剧表演的原因。简而言之，我们必须学会用别人的眼光来观看自己。

很多人不明白我们为何保留了涂白脸的做法，其实这是很多代小丑艺人的传统。在我有生以来，小丑的外表，无论是服装还是妆容，都很少有改变。小丑表演可能是这么多年里能够始终保持外表完整性的唯

① 《莎乐美》，理查·施特劳斯根据王尔德的剧本所作的歌剧；《风流寡妇》，弗朗兹·莱哈尔所作歌剧。这两部歌剧都是1905年首演，在欧美风靡一时。

② 西奥多·罗斯福（Theodore Roosevelt，1858—1919），第26任美国总统。完成第二个总统任期后不久，罗斯福于1909年3月前往非洲探险，引起世界媒体的关注。

——种娱乐项目了。要是把击板[①]、气球，还有滑稽假摔都拿走，那白底花脸可以说是小丑这一行几十年来唯一的资本了。除非我大错特错，否则它们还能持续 100 年。

“每一次上场表演，都要讲一个故事。”

---

① 击板（slap-stick）是诞生于意大利即兴喜剧的一种道具，由两块木片组成，小丑和滑稽戏演员常用来敲打其他人的背，只需要施加很小的力气就可以发出清脆的响声。

小丑一些很成功的把戏，最初只是意外。你本来要做别的动作，结果脚趾绊了一下，摔了个狗啃泥，然后大家都笑了，他们都以为这是节目的一部分。之后，你每次做那个动作时，都会假装绊一下摔个跟头。有些人借助前人的这些手段可以扮演很多年小丑，但永远成不了真正的小丑。真正出色的小丑都是天生的，不是循规蹈矩练出来的。

小丑的服装也需要花很多心思研究。尽管对你而言，大多数小丑看上去都一样，但是只要仔细观察他们的服装，就会发现每一个小丑的服装都有些细微的差别。

我不喜欢用一些现代小丑爱用的机械装备，比如玩具枪、电动工具什么的。要想成为一个真正的小丑，你只需要智慧和一些简单的手段。只有小丑中的笨蛋才会用机械装备来弥补头脑上的缺陷。可能是我的偏见吧，我更偏爱老派做法，就像我难忘旧时光一样。不过，老派做法的确是最好的。

体会生活

关于我的职业，以及在职业中发生的事，我拉拉扯扯唠叨了这么多，现在忽然意识到，我还没有提到那些对我个人来说非同寻常的事。

跟人们通常想象的不一样，小丑也是人，是有血有肉的人。我们跟别的普通人一样，有着喜怒哀乐的情感。比起那些假装虔诚和正直的人，我们的情感还更为深沉，更为真实。尽管我们都是些游牧者，但我们马戏团的人也都有一颗多愁善感的心。

刚到美国不久，我第一次见到了那位一度对我的生活至关重要的女子。那时，我刚刚加入伯尔·罗宾斯马戏团，还只是一名在异国他乡挣扎拼搏的年轻小丑。团里的所有人中，我不认识的还有不少。我的生活如此艰苦、忙碌，没有余暇去想风流韵事。

有一天，我从垫具室走到帐篷门口，等待上场。这时候，我见到一位年轻女子也在等待上场，她穿着紧身衣和褶边裙，手里拿着一根马鞭。她看上去柔软、修长、优雅，有一双我所见过的最动人的眼眸。我的喉咙里就像堵了什么东西，一种如针刺般的尖锐感觉迅速传遍全身。这是一种在别处、在别人身上前所未有的感觉。她站在那儿，活力四射，简直就是优雅与美的化身，我意识到她散发的魅力令我无法抗拒。当她上场时，我目不转睛地跟随着。她走起路来，就是一首运动的诗；她向观众行礼时，是那么的轻盈、飘逸；她跳到一匹高贵的白马背上，就像一只飞翔的鸟儿。我站在入口处，目瞪口呆，心里暗自赞叹，这是我见过的最优美的骑手。我都忘记该自己上场了，直到一名小丑同伴摇着我的肩膀："醒一醒，朱尔！"我才回过神来。

那天下午，我是跌跌撞撞完成工作的。由于动作太过迟钝，我还被领班用鞭子抽了一下。但我实在没法把自己的视线从那位骑手身上挪开。当她上场时，整个帐篷都像充满了阳光；当她在雷鸣般的掌声中离开后，整个帐篷看起来那么荒凉，了无生机。

一天又一天过去了，我一直默默地仰慕着她。有一次，我终于鼓起勇气跟她打招呼。马戏团里不拘小节的生活方式使得成员们在相互结识时根本不需要自我介绍。她看上去似乎非常高傲，对我的殷勤完全不屑一顾。不过，每次在她上场时，我总会特意想方设法待在入口，等待她出来的那一刻。她在场上表演时，我几乎无法工作。

直到看见她跟首席空中飞人家族的头头说话，我才意识到自己有多么在乎她。这个头头是个很帅气的法国人，褐色头发，鬈胡子，有一种潇洒时髦的派头。他的薪酬很高，所有海报里都有他的特写。我的意中人朝他微笑再自然不过了。我只能默默地爱着，痛苦地爱着，用小丑这种愚人的外表来掩饰一切。

你能想象我的感受吗？我每天只能站在一旁，眼巴巴地看着这个光芒璀璨的妙人儿笑盈盈地与一个帅气的竞争对手调情。这正像我读过的一本法国书里描绘的一个场景[1]。读那本书时我还是个孩子，还在巴黎的弗朗西斯科马戏团。那时候我做梦也没有想过这种事会发生在我身上。

有一天，我顶着炎热的天气和一路飞扬的尘土，走去市区买了一束花送给她。她带着一种迁就的神色接了下来，很快就转身离去了。那个法国杂技艺人正好朝这边走过来，她见到他满脸笑容。

这样的折磨可不是什么愉快事。它让我精神紧张，还影响到了我的工作。本来我一直是个开朗快活、每天乐呵呵的人，我一贯的好心情还一度帮我的同事驱散过阴霾。可这个时候，我却变成了一个悲伤、易怒的人。

“怎么了，朱尔？”他们都问。

“肯定是患上相思病了。”柔术师打趣道。

我那天才意识到：很多玩笑话道出的都是真情。

这段时间以来，我们一直在南方巡演。天气很

---

① 可能指《巴黎圣母院》中副主教克洛德偷窥吉卜赛姑娘艾丝美拉达与情人幽会的场景。

热，雨水很多，我们的演出场地常常是湿答答的。我得了感冒，发着烧，不得不上床休息，不过我仍然跟着马戏团走。我躺在自己的铺位上，正如所有年轻的相思病患者一样，梦想着有一天，那美貌的骑手听说我生病了，会到我的车厢上来看我。她会靠在我身上，脸上的微笑妙不可言，说："朱尔，原谅我，我一直牵挂着你。今后我再也不会离开你了。"

一天晚上，这梦境是如此真实，我猛地惊醒了。月光照在我的脸上，马车正吱吱呀呀经过一座长长的桥。我依然是孤身一人。

病好以后我又开始上场表演。回归正常工作的第一天，我来到自己已经习惯去的地方，在那里经常可以见到那位女骑手。我的心快要跳出来，一双眼到处在寻找魂牵梦萦的她。可是，我怎么都没找到。我上台表演完一轮，脑子里一片混乱。当我回到更衣室时，我问我们小丑的头儿，她怎么了。

"哼哼，"他耸耸肩，"那个女的？"

"是啊。"我心里有些愤慨。

"你不问倒好。"

“这是什么意思?”

“意思就是，上周在什里夫波特[①]的时候，她翘班了，跟一个旅馆经理私奔了。她在加拿大还有一个丈夫、两个孩子哪。”他停了一下，又说，“在我看来，走得好啊。”

我震惊得就如脚下的大地突然裂开一样，心里一阵痛楚，踉踉跄跄走到我的箱子那里坐下来。我的浪漫殿堂就这么一下子坍塌了。我经历了可怕的幻灭，但我跟自己说：“振作起来，朱尔。天涯何处无芳草，世界上还有好多女人。”

就这样，我慢慢振作了起来。

我要在这里说句公道话，为马戏团里的女人做做辩护。我刚刚描述的这种类型的女子在马戏团里极其稀少。马戏团帐篷里的女人，总是勇敢、忠诚、坚贞。她们习惯了身体上的艰难困苦，总能勇敢地面对各种危机，知道如何战胜生活上的忧虑和烦恼。她们是最温柔的妻子、最慈爱的母亲、最优秀的同事。

---

① 什里夫波特（Shreveport），位于美国路易斯安那州西北。

我要庆幸，这段早期的感情经历带给我的创伤不是很深。我还年轻，充满了活力。若干年后的一个冬天，我在西部某地演出时，邂逅了一位坚强、高洁的女子，和她成了很棒的朋友。她不属于任何马戏团，但在这一行里有好多朋友。第二年，我回去和她结了婚。从此往后，她成了我的人生伴侣。每年冬天我回到她那里时，都会得到最温柔甜美的慰藉。要不是有她，可能我今天还是茫茫大地上的一个流浪者。

人们都说我们小丑是没有灵魂的玩世不恭者。我要给你讲讲我生活中的一件事，说明这不是真的。

家庭带给我的最大欢乐就是我的孩子。当他降临世上时，我正跟团巡演在外。我记得那时自己是多么急切地等待巡演季结束，这样我就可以回家看看他啊。

这个小家伙成了我很棒的玩伴。我也给他取名叫朱尔，想让他成为一个了不起的马戏艺人。整个夏季都是巡演季，我不得不离开他，不过一进入 11 月，马戏团进入在巴拉布①的冬季居留点，我就马不停蹄地跑回纽约看他（那时我们的家在纽约）。我看着他一天天长大，心里满是欢喜。我穿上小丑服，为他表演我那些小把戏，他看得好入迷啊。他是我生命中的阳光。

有一年，巡演开始得比较早。我们在威斯康星州的一个小镇上演出，只演一晚，大帐篷里人满满的。我有一个全新的节目，非常滑稽，在这个节目里我从保姆怀里抢过一个破布娃娃，搂着它百般爱抚。正当我在过道里等待上场时，一位同事过来跟我说，垫具室有人找我。到了那边，有人递给我妻子发来的电报，上面说："朱尔快要死了。"

他在纽约，我在几百英里外，根本没法过去。这世上我最亲近、最宝贵的人就这么悄悄离我而去了。在那边的大帐篷里，乐队在演奏，鞭子甩得啪啪响，笑声此起彼伏，整个马戏团都在欢腾。而我穿着傻瓜

---

① 巴拉布（Baraboo），位于美国威斯康星州，林林兄弟马戏团总部和越冬地的所在地。该总部现为马戏世界博物馆。

一样的小丑服站在那儿，热泪从我化了妆的脸上流下来。这时我听见一个兴高采烈的声音在呼唤我："来啊，朱尔，我们都在等你呢。"

我不得不走入那拥挤的场地，带着一颗破碎的心，在那里玩闹嬉戏，好让观众笑逐颜开。我爱抚着一个破布娃娃、一个假的孩子，而我自己的孩子要死了。

你还不明白吗？在小丑的玩笑背后，经常是剧痛的折磨、悲伤的创痕。我担任团里的邮差，每次到一个镇上都是我去邮局拿邮件，所以我有很多机会窥见团里每个人内心的隐秘角落。我知道每名艺人的名字，我是带来欢欣和痛苦的使者。潇洒迷人的女骑手，艺高胆大的空中飞人，都在期待着从未抵达的信件。全世界的人性都一样，无论是住在金碧辉煌的宫殿里，还是住在大帐篷的帆布顶下。

我帮所有人去邮局汇款，由此发现了不少人的秘密。那位粗鲁的大力士，其肌肉令大众肃然起敬，他每周都把自己的部分薪水寄给在德国的母亲；那位令人着迷的小骑手，在这个五彩缤纷、目不暇接的欢乐

“小丑的玩笑背后是悲伤的创痕。”

世界里飞奔，她在供养着自己疾病缠身的丈夫。我成了所有人的朋友与知己，对我来说，这让生活更丰富、更深刻、更有价值了。

在马戏团的日子里，我见识过很多让人撕心裂肺的事儿。关于我经历的巨大悲痛，我已经告诉你了，不过这也让我想起我的老朋友加勒特。他是世界上心肠最好的人之一，一名真正的爱尔兰人，一名出色的小丑。我们在木屑地板上做过好多次搭档。他的妻子是一名走钢丝的艺人，叫朵蒂。她长得小巧玲珑，很可爱，团里每个人都喜欢她。

一天晚上，朵蒂上台去演出，加勒特和我在跑道上，一边走一边做一些滑稽表演，逗大家开心。突然，我听到一声尖叫，但还是得继续表演。马戏团里有个不成文的规定，那就是忽略令人恐慌的事，因此我们都没有停下来。然而观众席上一片惊人的死寂。我转身去看，见台子中央一群人挤在一个蜷缩的身影四周。一个人从垫具室里冲了过来，他是我们的医生。这时加勒特也转过身来，隔着白色的妆容，我能看到他那张死人般惨白的脸。他发出一声惨叫，冲到了台上。他发现自己的妻子已经死了。她从钢丝上摔了下来，而下面没有救生网。

他轻柔地抱起她，离开了舞台。他把头埋在她闪闪发亮的裙子里，哭得撕心裂肺。然而不过片刻，音乐又响起来，鞭子也甩了起来，马戏表演继续进行。

小丑的历史

很多人以为小丑穿着怪诞的服装，老是玩一些愚蠢的把戏，他就一直是个滑稽可笑之人。这大错特错了。我们跟幽默家一样把自己的职业看得很严肃。这个职业有着真正伟大的传统。

在波士顿的一次经历之后，我才真正理解到这一点。我们通常会在波士顿待一个星期，这给了我到处走走看看的机会。那时正值 6 月，在一个炎热的下午，我乘电车去郊外。因为太热，很少有人出行，好长一段时间里，车上只有我一个人。不久，一位庄严的老绅士上了车，坐在我旁边。我们默默坐了一会儿，但我想交交朋友，就评论了一下天气。我们就这样聊了起来。最后，他问起我做什么职业。

“我是个马戏团里的小丑。”我答道。

他大为惊奇，擦了擦眼镜，重新打量了一下我，说："真没想到，我还以为您是位牧师呢。"

可能是我平常一直戴的白色领带让他产生了误解。不过，这样上当的也不止他一个。他们大概觉得小丑应该一直咧着嘴傻笑或者随时准备翻跟头吧。

经过一番攀谈，我发现老绅士很亲切，让人很愉快。他后来还告诉我："我的朋友，您的职业已经有一千年的历史了，您很为之骄傲吧。"

这让我很感兴趣，就请教他从哪儿能找到关于小丑职业起源的信息。

"您要是读一读罗马的历史，说不定会在您职业起源的事实上有所启发。"他说。在下车之前，他告诉我他是哈佛大学的教授。

次日，我就去了波士顿公共图书馆，翻看了一些关于罗马史的书。尽管我并没有找到关于小丑的记载，但发现了不少关于哑剧的史实。我一直把哑剧看作是小丑表演的真正先驱。哑剧可以追溯到古犹太人和古埃及人，而早期的希腊戏剧也包含了哑剧，并在奥古斯都统治时期被引入罗马。梅塞纳斯[①]、维吉尔、贺拉斯、奥维德等当时的伟大文人，都很喜欢哑剧演员的作品。我发现在早期，哑剧的主题大多是男神祇与女神祇的爱情或者冒险经历。有段时期，罗马人对哑剧十分狂热，就连尼禄也成为最热情的赞助者之一。尼禄曾问德米特里乌斯最想要什么礼物，这位哲人回答："一场哑剧，因为它不需要什么翻译和解释。"[②]

哑剧艺人使用的是一种全世界通用的语言，即手势语。古罗马的哑剧艺人既在很大的露天剧场表演，也在富人家里表演。在富人家里时，他还会被叫去切肉，并能雕刻出很多花样来。这样，他就成了一个既能装点门面，又有实际用处的角色。不过，我要多说

---

① 盖乌斯·梅塞纳斯（Gaius Maecenas），罗马帝国皇帝奥古斯都的谋臣，一向以资助诗人闻名，曾提携维吉尔、贺拉斯。他的名字在西方被认为是文学艺术赞助者的代名词。

② 德米特里乌斯（Demetrius the Cynic），古罗马尼禄时期的犬儒派哲学家。据说他一开始对罗马人的哑剧不屑一顾，于是一名哑剧艺人请他看过演出之后再来评论。这位艺人一人饰演多角，令德米特里乌斯大为赞叹，甚至改变了他对哑剧的偏见。

一句，后世的小丑不再是一个能装点门面的角色了。古罗马哑剧随着帝国的衰亡而光荣不再，直到 15 世纪才在意大利复兴。

接下来，现代小丑最早的前身“阿利乞诺”（Arlechino）① 出现了。他是粗俗闹剧里的一个丑角，是一个老是犯错的仆人，集粗鲁与狡猾于一身。从“阿利乞诺”这个名字中，又发展出了“阿勒奎”（Harlequin）这个词，这在法国很受欢迎。通常，阿勒奎脸戴一个黑面具，头顶一顶三角帽，挥舞着一个木拍子，而这个拍子就是现代小丑和滑稽戏演员经常用的击板的前身。

随着哑剧的发展，阿勒奎身边的角色越来越多。当然啦，先得有一名女性角色，她以一名穿紧身衣的漂亮女仆的身份加入进来，这就是“科隆宾”（Co-

---

① 阿利乞诺是但丁《神曲地狱篇》第八圈中的魔鬼名，原是中世纪受难剧中的顽皮魔鬼角色。16 世纪后半叶，阿利乞诺发展为意大利即兴喜剧中的滑稽仆人角色，并开始在法国和英国出现，法语和英语中发展出了同义词“阿勒奎”。

lombine)；这名女孩还得有一名父亲，他便是身穿宽松裤子的“潘塔隆”（Pantaloon）[①]；这里还需要第四个角色，这就是阿勒奎的仆人，也是第一个真正的小丑，他也身穿宽松裤，头戴尖顶帽，老是惹麻烦。你可以看到阿勒奎的仆人与现代马戏团小丑之间的联系[②]。

英国是哑剧最为流行的地方。早在18世纪初，一位名叫里奇[③]的剧院经理首先引进了哑剧，并在科文特花园剧院上演。在里奇设计的剧情里，阿勒奎是科隆宾的情人，但她的父亲潘塔隆反对这桩婚事。于是，阿勒奎在小丑的帮助下绑架了她。在这一出戏

---

① “潘塔隆”后来也成为一种裤子的名称。

② 英国滑稽哑剧还有第五个主要角色“皮埃罗”（Pierrot）。皮埃罗是潘塔隆的仆人，涂白脸，身穿宽松白色服装，头戴圆形紧身帽。在当代流行文化中，皮埃罗这一形象更强调感性、浪漫、悲伤的要素。

③ 约翰·里奇（John Rich，1692—1761），剧院经理。他将哑剧引进英国，并将其中贫穷、衣冠不整、大嗓门、粗俗的阿利乞诺改编成衣着华丽、沉默寡言、表演玩笑和舞蹈的阿勒奎。这对英国哑剧中的丑角形象产生了极大影响。

里，小丑这一角色带来了很多滑稽可笑的效果。

渐渐地，哑剧在英国大受欢迎。每到节假日的演出季，哑剧往往拥有极为庞大的观众数目。众多伟大的剧院经理纷纷认为，这些剧目是发财的金钥匙，甚至加里克也成了赞助人之一。他将朱塞佩·格里马尔迪先生介绍给了公众，而朱塞佩的儿子就是那位有史以来世界上最伟大的小丑——“不朽的乔”格里马尔迪[①]。他为我所属的职业增光添彩，我为此深感荣幸。老格里马尔迪在伦敦的哑剧团扮演了好长时间的阿勒奎。乔早年与他父亲一起登台演出，他的第一个角色是一只猴子。当时他只有 3 岁，被拴在一根铁链上，父亲用链子把他抡得团团转。有一次链子断了，可怜的乔被扔到前排一位肥硕的绅士的肚子上。

---

① 约瑟夫·格里马尔迪（Joseph Grimaldi，1778—1837），英国喜剧演员，当时英国最负盛名的喜剧艺人，他所扮演的小丑名“乔”“乔伊”，甚至成为当时小丑的代名词。

狄更斯所编《约瑟夫·格里马尔迪回忆录》中的插图。

一天晚上，格里马尔迪扮演一只猴子，被他的父亲朱塞佩领到舞台上。朱塞佩在格里马尔迪的腰上拴了一条铁链，并以“最快的速度”将儿子绕着他的头抡了一圈，这时铁链断裂了，导致格里马尔迪掉到了乐队席。

乔长大后，放弃了阿勒奎的角色，成为小丑。他去掉了阿勒奎角色身上一直有的那些金属亮片和花花绿绿的钻石，穿上了白衣和潘塔隆的长裤。他还将自己的脸涂白，再点缀上红色斑点，看上去更像是一个偷吃果酱时被抓的笨小孩。

随着乔·格里马尔迪越来越受欢迎，小丑的地位也超过了阿勒奎，并且自此往后再也没有变过。这要归功于乔的伟大天赋。他被称为“小丑中的加里克”。格里马尔迪首先在《鹅妈妈》① 的演出中大获成功。他的成功靠的不是杂技表演，而是真正的幽默。他的滑稽动作实在是令人捧腹。就这样，格里马尔迪成了举国闻名的人物，拜伦勋爵成了他的好友，查尔斯·狄更斯每周都要来看他的表演。狄更斯后来还编辑了乔的回忆录，我把这部书看成是对一名小丑的思想的崇高敬意。当格里马尔迪离开剧组时，整个伦敦都陷

① 指托马斯·迪布丁（Thomas Dibdin，1771—1841）所著哑剧《阿勒奎与鹅妈妈，或金蛋》（Harlequin and Mother, or The Golden Egg），1806 年 12 月 29 日在科文特花园剧院上演。

入了沉闷。对于科文特花园剧院来说，他就像伟大的约翰·肯布尔本人一样不可或缺，即便他只是一个小丑。

据说，格里马尔迪经常为自己的角色深深触动，以至于表演一结束，他就会退到角落里大哭一场。他是一位敏感细腻而又慷慨大方的人。他还有一个故事在小丑这行历代流传。这个故事说，有一次格里马尔迪病得很重，极为沮丧消沉。于是，他前去咨询一位伦敦的大医生。那位大人物诊察了格里马尔迪一番，然后说："去看看格里马尔迪吧，好好笑一笑。"

这位小丑悲伤地看着医生，答道："我就是格里马尔迪。"

格里马尔迪去世后，精致细腻的小丑愚弄艺术就在英国消亡了。伦敦的剧院经理们不得不创造出一种马马虎虎的替代品，试图用精心设计的舞台奇观来代替逗乐艺术。从此往后，小丑都是杂技演员，身体的灵巧取代了幽默。直到今天，我们的小丑表演中仍然留有这种痕迹。

当然，在考察现代小丑的起源时，你必须把宫廷弄臣也考虑在内。只要翻开莎士比亚的书页，你就能发现弄臣得到了多么高的评价。每一个宫廷都有它的傻瓜，而这位傻瓜往往也是最有智慧的人。《李尔王》中就有这样一句话："弄臣经常被证明是先知。"①

杰奎斯是个哲学家，而试金石是个伟大的人物。②

我在美国马戏团里见识过宫廷弄臣，但他们的艺术过于精致，不为大众所欣赏。因此，他们不得不让位于更流行的小丑艺术。而要成为一个莎士比亚笔下的弄臣，你需要多年的思考和研究。

以上这些关于小丑起源的史实都很不错，也令人印象深刻。但不知为何，我还是更愿意记住我小时候在法国听到的传说。这是诺曼底的一位老小丑告诉我的。据他说，从前，一名流浪艺人的小女儿做了一场梦，梦见自己的父亲涂成白脸，戴着尖顶帽，穿着肥大的白色裤子，在一大群人面前表演。大家都鼓掌欢

---

① 出自《李尔王》第五幕第三场。

② 杰奎斯和试金石都是莎士比亚《皆大欢喜》（*As You Like It*）里的人物。杰奎斯是被放逐的公爵的侍臣，试金石是公爵的弄臣。

笑。她忍不住把这场生动的梦告诉了父亲，父亲被深深地打动了。于是，他采用了这套装扮，成为第一个白脸小丑。

我的信念

千百年来，人类一直在寻找青春之泉[1]，却一直都找不到它。不过，请让我这个傻瓜斗胆说一句：我觉得自己已经发现了它。秘密就在于做一个小丑。在传统上我们是马戏团中最古老的行当，在年龄上我们也比其他人都要老，但我们的工作却使我们的心灵永远年轻。有时候，旅途漫长，天气炎热，尘土飞扬，我就会有些疲倦，毕竟我正向60岁迈进。但只要我一听到乐队的演奏、马儿的鼻息声、“叫卖工”[2] 尖锐的招徕声，看到人群如潮水一般，从四面八方向大帐

---

① 青春之泉（Fountain of Youth）又译“不老泉”，出现在希罗多德《历史》《亚历山大传奇故事集》等故事中的泉水。任何喝了青春之泉水的人都会恢复青春。

② 在马戏团帐篷外面大声招徕观众的人。

篷涌来，这一切的一切就像美酒一样，让我的血液沸腾起来，让我又想上台大干一场。疲倦像被施了魔法一样消失了，我又焕发了青春。这 5 年来，我没有缺席任何一场演出。

马戏团里的许多艺人都有这样的体会。但对小丑而言，还有一种更深刻、更真实的东西激励着他，那就是笑声。我们逗别人笑，而观众的笑声也会以一种奇特的方式对我们自己产生影响。笑声松开了头脑的枷锁，散发出一种难得的活力，让生活充满了乐趣。此外，相辅相成的还有我们不间断的户外运动。凡是保持身心活跃的人，都能在新鲜的空气中心平气和地生活，哪怕上了年纪，在世人眼中也不会显“老”。所以，我说我自己找到了青春之泉。

说到这儿，你大概想知道做小丑的心境如何。要是我能用一个词来概括我这一行的真实情绪状态，那就是严肃。小丑的人生观必定是严肃的，大智方可若愚。因此，并不是每一个人都能演小丑。我们只是一群外表上“滑稽的家伙”。小丑也有好有坏，有的小丑志存高远，有的就只是拿这个混口饭吃，尽管小丑

“笑声松开了头脑的枷锁。”

也像诗人一样，得先填饱肚子才行。不过，要完成自己的天职，有正道，也有邪路。想成为一名出色的小丑，必须得虚心、认真地学习。

我一有闲暇就会去看看书。如果我说我最喜欢的书之一是《堂吉诃德》，我想你不会感到惊讶吧。桑丘·潘沙在这部伟大的作品中说："在喜剧中，最难演的角色是傻瓜，所以扮演这个角色的人一定不可以是傻瓜。"①

睿智的老桑丘是对的，这完全契合我的小丑理论。

查尔斯·狄更斯的每一本书我都读过。这并不是因为这位"不朽的博兹"② 是"小丑之王"格里马尔迪的好友和编辑，而是因为在我看来，他总是懂得如何剖析人心。他对底层人民的生活了如指掌。

我也很喜欢读历史。有些时候，我想深深地激励

---

① 出自《堂吉诃德》下卷第三章。这句话不是桑丘·潘沙说的，而是堂吉诃德说的。

② 博兹（Boz）是狄更斯早年使用的笔名，亦是他编写《约瑟夫·格里马尔迪回忆录》时所署的笔名。

一下自己，就会去读那些讲拿破仑的书。我觉得他是个很邪恶的人，但毕竟我身上有法国人的血统，所以我想，他身上那种雄狮般的傲慢，还是让我非常敬佩他。

我把对我影响最大的一本书留到最后才说，它就是《圣经》。世人从来不会把白脸小丑和虔诚联系在一起，我也不会自诩虔诚，但我很爱读《圣经》。有时，在漫长而炎热的周日下午，我躺在帐篷里，给人们读圣经。即便是最粗鲁的勤杂工也会尊重一个真诚善良的人，而对那些装模作样的人非常鄙夷。

既然我已经进入了反思的状态，那我就说一件一般马戏团观众都不太理解的、有关小丑艺术的东西：小丑的艺术之所以能经久不衰，就是因为干净。这个理由很简单，但也十分有力。大众娱乐的风潮来来去去，一个想找乐子的人的口味也是变幻无常，因为他总是渴望新鲜的事物。他可能在很短的时间内就能对社会问题剧或情色剧中的病态气氛产生兴趣，但也会在很短的时间内厌倦它。许多其他形式的娱乐也是如此。现在正大行其道的歌舞杂耍剧也不过盛极一时，最终都会过去。而相比于前者，小丑演出往往是露天进行的。在这里，天堂之风吹拂着你！无论是在精神上还是在身体上，小丑艺术都是干净的。它不追求刺激感官，也不妄图教化众生。它唯一的念头就是娱乐，就是给人欢乐。这就是小丑艺术得以经久不衰的理由。

在我长年取悦公众的生涯中，一切给予我幸福的事物，恐怕都比不上意识到自己能给孩子们带来快乐。看到他们一排一排地坐到观众席最前端，伸长了脖子，小脸蛋洋溢着欢喜，我的工作总会充满新的热情。

再也没有比马戏更吸引孩子们的了。我有很多次都竭尽自己的良心，让一个衣衫褴褛的孩子悄悄溜进帐篷，让他在他深爱的乐园里找个座位坐下。我还想起一件事，每次讲来都很得意。

18 年前，林林兄弟马戏团在纽约州的宾汉姆顿①演出。那天很热，我站在更衣帐篷外透透气。那时

① 宾汉姆顿（Binghamton），美国纽约州南部城市。

候，一个小男孩走了上来，热切地盯着我。我已经为下午的演出打扮好了，所以一开始，我还以为他盯着我看只是出于孩子的好奇心。可接着我看到了他两行热泪，满眼憧憬和留恋。我一直都很喜欢孩子，他让我想起死去的朱尔。我走到他面前，把手放在他的小脑袋上。

“怎么啦，小家伙?”

“我想看马戏。”他回答。

“你没有钱买票是吗?”我问。

“我没有钱。”他答道，又哭泣起来。

这孩子的神色里有某种东西深深触动了我。我见他确实很想看马戏，就拉起他的手，领他来到一个能找到好座位的地方。我离开他时，他的脸上光芒闪耀。

岁月流逝，我已完全忘记此事。几个巡演季之后，我们又来到宾汉姆顿演出。说来也怪，又是一个酷热的下午，我恰巧还是站在更衣帐篷前等待上场。一个长得不错的小伙子走到我跟前，问我：“打扰了，我在找一位 15 年前帮过我的小丑。那时我听旁人叫他朱尔。您能告诉我他还在演出吗?”

“我让无数孩子欢快地拍起了小手。”

“您不用再找啦，我就是朱尔。”

一听此言，他当即伸出手，和我紧紧地握着。他说：“真想好好感谢您多年前的一份恩情，我为这一刻等了很久。可能这对您只是一件小事，但对我来说有着非同寻常的意义。今晚您能赏脸跟我一起吃饭吗？”

演出结束后，我跟他一起去了市区，也好好聊了聊。他现在成了一名电气工程师，日子过得不错，他一直很怀念我们的马戏团在宾汉姆顿演出时的情景。我也保证会寄给他一张自己的照片。

我的生活中点缀着这样的经历。这样一来，我为能做一个小丑而感到骄傲和欣幸，你还会感到奇怪吗？莎士比亚在他的一部戏剧中说：“看到一个小丑，真是开心得不得了。”①

我应该把它改成：“做一个小丑，真是开心得不得了。”

我攒了一些钱，在密苏里州的一个小镇上买了一

① 出自莎士比亚《皆大欢喜》第五幕第一场。

栋房子，每年冬天巡演季结束后我都会去那里。我还在北达科他州有一个农场，在那里我能看着绿色的生命茁壮生长。我知道自己无论遭遇什么都会有一个安度晚年的家园，但只要我还能工作，我就不想停下小丑表演。

既然我已经说到了小丑的起源，那我也许该说说他的结局了。很少有人会离开马戏团，一日为小丑，终生为小丑。能一直干到死，是最好的归宿。

我很享受我的小丑生涯，满足于自己的工作是一种巨大的幸福。这可不是人人都有的福分。至少我知道，我让许多人忘记了烦恼，我让无数孩子欢快地拍起了小手。

做个小丑真好。